LE TRIPODE

Littératures ■ Arts ■ Ovnis

LE TOUT VA BIEN 2022

Une anthologie des dépêches les plus récentes et insolites de l'AFP.
Un livre concocté par l'équipe du Tripode.

LE TRIPODE

*

* Pour bien vivre cette année 2022, nous avons fait un tour du monde de l'année passée. Les faits divers de cette anthologie sont issus de dépêches émises par l'AFP entre fin 2020 et fin 2021. Nous les avons répartis par ordre chronologique.

PRISE D'OTAGE : LE CROCODILE S'EN SORT INDEMME

Des villageois du nord de l'Inde ont d'abord eu très peur en trouvant un crocodile de deux mètres de long caché dans leur bassin d'irrigation. Et puis ils ont eu une idée : s'en servir pour demander une rançon. Le reptile s'était échappé d'une réserve naturelle voisine après des inondations dues à la mousson et avait trouvé refuge au village de Midania, dans l'État pauvre d'Uttar Pradesh. Les villageois ont alors attrapé le crocodile et réclamé 50 000 roupies (environ 570 euros) pour le rendre à la réserve. « Il nous a fallu des heures, avec l'aide des autorités et policiers locaux, pour les convaincre de relâcher le crocodile », a déclaré M. Patel, responsable de la zone entourant le parc naturel de Dudhwa. Les villageois ont même été menacés de poursuites judiciaires, les responsables leur expliquant qu'ils risquaient jusqu'à sept ans de prison. Le crocodile a retrouvé la liberté.

[AFP, 11 septembre 2020]

ROYAUME-UNI : UN SERPENT N'EST PAS UN MASQUE, RAPELLENT LES AUTORITÉS

Un serpent ne peut servir de masque de protection contre le nouveau coronavirus, a rappelé l'autorité des transports de Manchester [nord de l'Angleterre], après la publication de photos montrant un usager de bus avec un reptile enroulé autour du cou et de la bouche.

Pour lutter contre la transmission du coronavirus, il est obligatoire de se masquer le visage dans les transports publics en Angleterre. « Les directives du gouvernement indiquent clairement qu'il n'y a pas besoin de porter un masque chirurgical et que les passagers peuvent fabriquer leur propre masque ou porter quelque chose de convenable, comme un foulard ou un bandana », a rappelé un porte-parole de l'autorité des Transports de Manchester. Et d'ajouter : « Bien que cela laisse une petite marge d'interprétation, cela ne s'étend pas à l'utilisation d'une peau de serpent – en particulier lorsqu'elle se trouve toujours attachée au serpent. »

[AFP, 15 septembre 2020]

DÉTARTRAGE SUR HOVERBOARD : LE DENTISTE PREND 12 ANS DE PRISON

Un dentiste américain, filmé en train d'opérer une patiente tout en se tenant en équilibre sur un hoverboard, a été condamné à 12 ans de prison pour mise en danger de la vie d'autrui et diverses fraudes à l'assurance maladie.

Juché sur un hoverboard, une sorte de gyropode sans guidon, avec juste deux roues et un marchepied, Seth Lookhart extrait une dent de la bouche d'une femme visiblement anesthésiée avant de filer dans le couloir sur son engin en levant les bras en guise de célébration. Sa prouesse médicale n'a pas impressionné outre-mesure la justice de l'État de l'Alaska, qui l'a condamné à 20 ans de prison, dont huit avec sursis, et 2,2 millions de dollars d'amende. Seth Lookhart, 35 ans, a été reconnu coupable au total de 46 chefs d'inculpation, dont exercice illégal de son métier, détournement d'argent et fraude.

[AFP, 18 septembre 2020]

MORT ET ENTERRÉ, IL REMPORTE LES ÉLECTIONS HAUT LA MAIN

Ses ouailles l'aimaient trop pour ne pas lui confier un nouveau mandat : mort depuis 11 jours du coronavirus, le maire sortant d'une commune du sud de la Roumanie a été réélu haut la main lors des élections municipales.

Ion Aliman, décédé le 17 septembre 2020 à l'âge de 57 ans, a remporté 1057 voix sur les quelque 1600 suffrages exprimés à Deveselu. Après la clôture du scrutin, les villageois se sont rendus sur sa tombe pour célébrer sa victoire.

[AFP, 28 septembre 2020]

LES CHATS C'EST DÉPASSÉ, ADOPTEZ UNE FOURMIS

Un magasin singapourien propose des colonies et tout l'équipement nécessaire pour adopter ces insectes à six pattes comme animaux de compagnie. John Ye a ouvert « Just Ants », le premier magasin de la cité-État dédié à la vente de ces animaux minuscules.

L'homme de 41 ans décrit les fourmis comme des animaux « altruistes, doués de compassion » et « d'un esprit combatif ». Il espère que son magasin deviendra un sanctuaire pour les passionnés de fourmis. Il a dû fermer pendant le confinement qui a suivi l'épidémie de coronavirus, mais a pu rouvrir depuis et les affaires marchent bien. Mais John Ye sait qu'il y a encore du travail à faire pour convaincre ses compatriotes que ces insectes peuvent être des animaux de compagnie et non pas seulement des nuisibles.

[AFP, 3 octobre 2020]

HULK DÉFONCE L'ÉTOILE DE DONALD TRUMP À COUPS DE PIOCHE

L'homme qui avait défoncé à la masse l'étoile de Donald Trump à Hollywood en 2016 a encore frappé. James Lambert Otis, 56 ans, a été arrêté pour avoir vandalisé, à coups de pioche cette fois et déguisé en Incroyable Hulk, l'étoile du président américain sur le célèbre « Walk of Fame ». M. Otis, qui se définit lui-même sur son compte Twitter comme un « militant non violent », avait revendiqué son geste sur les réseaux sociaux. Il a été identifié par la police grâce à des vidéos de l'incident, et a été libéré sous caution. La chambre de commerce de Hollywood, qui gère les étoiles du « Walk of Fame », a estimé les dégâts à plus de 3000 dollars.

[AFP, 6 octobre 2020]

INDE : LA GROSSE COMMISSION RECOMMANDE LA BOUSE SACRÉE

Un organisme gouvernemental indien spécialisé dans la conception de savons et produits divers à base d'urine et de bouse de vache assure avoir développé une « puce » en bouse qui protège des radiations du téléphone portable. « Si vous ramenez ceci chez vous, votre demeure sera libre de toute radiation », assure le président de la Commission nationale de la vache, « tout cela a été prouvé par la science ». M. Kathiria n'a fourni aucun autre détail sur les recherches ayant permis cette découverte.

Les vaches sont considérées comme un animal sacré par la majorité hindoue du pays et la consommation de viande bovine est interdite dans de nombreux états. Depuis son arrivée au pouvoir en 2014, le parti du Premier ministre nationaliste hindou Narendra Modi a budgété des millions de dollars pour la recherche sur des produits utilisant l'urine ou la bouse de vache, bien qu'il n'existe aucune preuve scientifique de leurs bienfaits.

[AFP, 13 octobre 2020]

À RAMALLAH, DES CHAUSSONS EN CUIR ANTI-MACRON

Dans son petit atelier de Ramallah, en Cisjordanie occupée, Imad Mohammed fabrique des chaussons en cuir ornés d'inscriptions en calligraphie arabe. Elles indiquent « Donald Trump » et « Macron ». « Une chaussure, ça entre en contact avec le sol, la poussière et la saleté, alors si on inscrit un nom dessus et qu'il se salit lui aussi, ça montre toute la valeur de la personne en question ! », lance le Palestinien.

Le petit homme moustachu a beaucoup de griefs contre les deux présidents. Pour les clients français, « l'entrée dans le magasin se fait à condition de s'excuser pour les déclarations racistes et insultantes de Macron vis-à-vis de l'islam ». Pour les américains : « Avant d'entrer, vous devriez vous excuser pour la décision de Trump qui a causé la souffrance des Palestiniens », peut-on lire sur la porte d'entrée. « Vous êtes les bienvenus », est-il ensuite précisé.

[AFP, 31 octobre 2020]

NOUVELLE-ZÉLANDE : LES CACAS SAUVAGES NE PASSERONT PLUS

Le gouvernement néo-zélandais s'est engagé à prendre des mesures à l'encontre des touristes qui n'hésitent pas à faire leurs besoins au milieu des plus beaux paysages naturels de l'archipel. Les Néo-Zélandais se plaignent depuis longtemps du comportement des visiteurs. Le ministre du Tourisme Stuart Nash a déclaré que les touristes étrangers doivent « adhérer à notre image de développement durable et à ce que nous défendons en tant que pays : déféquer au bord des routes et des voies navigables n'est pas ce que nous sommes en tant que nation ». M. Nash a dit envisager d'interdire aux voyageurs de louer des camping-cars qui ne seraient pas équipés de toilettes. Il a suggéré qu'à l'avenir les visiteurs suivent son exemple avant de partir à la découverte des merveilles naturelles du pays : « Je vais toujours [aux toilettes] avant de quitter la maison. »

[AFP, 18 novembre 2020]

SUR SON ATTESTATION, IL VEUT « PÉTER LA GUEULE À UN MEC » : 135 EUROS D'AMENDE

Il veut « péter la gueule à un mec » et l'écrit sur son attestation de déplacement : un habitant de Lannion [Côtes d'Armor] a écopé d'une amende de 135 euros suite à un contrôle de police. L'homme de 39 ans se cachait derrière une voiture près de la gare de Lannion, un soir vers 01 h 00 du matin, quand il a été repéré par une patrouille de police.

« Il avait son attestation manuscrite avec son vrai nom, l'heure de départ de chez lui, à 22 h 15. Mais on lui a dit que le motif n'était pas valable », explique le commandant divisionnaire Daniel Kerdraon, en précisant que l'homme était muni d'un cran d'arrêt. Alcoolisé, le suspect a été placé en cellule de dégrisement. Il en est ressorti avec une amende de 135 euros pour l'attestation et une autre de 150 euros pour ivresse publique et manifeste. L'homme doit être à nouveau entendu au commissariat de Lannion pour le port d'arme.

[AFP, 22 novembre 2020]

RÉPUBLIQUE TCHÈQUE : LE CERF S'ENFUIT AVEC LE FUSIL DU CHASSEUR

La police tchèque recherchait un fusil « heureusement déchargé » et volé à un chasseur par un cerf. L'animal s'est enfui avec l'arme coincée dans ses bois lors d'une chasse près de la ville de Horni Plana (sud-ouest).

« Le cerf a été surpris par un chien. Il s'est levé et s'est précipité sur le chasseur, passant devant lui et déchirant la manche gauche de sa veste », a déclaré la police régionale. « Le fusil suspendu à l'épaule gauche du chasseur, heureusement déchargé, a glissé sur les bois du cerf et a disparu avec l'animal ». Un peu plus tard, un autre chasseur a aperçu le cerf avec le fusil toujours coincé dans ses bois à environ un kilomètre de l'endroit où il a été volé.

[AFP, 24 novembre 2020]

LA VOYANTE, LE GODEMICHET ET LE MARI QUI SERT À RIEN

Pour que son mari revienne, Macha a contacté la voyante Alla. Celle-ci lui a promis de lui rendre son mari contre 50 000 roubles (550 euros). Alla a prescrit à Macha le rituel suivant : tous les soirs pendant deux semaines, elle doit s'attabler pendant quelques minutes avec deux bougies, une photo de son mari et un godemichet. Ensuite, « Macha devait se saisir du gode et effectuer quelques exercices de nature intime avec l'objet », précise le tribunal. « Son mari n'est pas revenu » et Macha a intenté un procès pour escroquerie à la voyante. Lors de l'audience, elle avoue au juge ne pas avoir accompli le rituel correctement faute de godemichet. À l'audience suivante, elle retire sa plainte, expliquant qu'après avoir réalisé le rituel de manière complète, elle s'était rendu compte que son mari « ne valait aucune souffrance ».

[AFP, 27 novembre 2020]

LETTONIE : ILS VOLENT UNE DINDE ET LA SAOULENT À LA VODKA

La police lettone a arrêté trois hommes accusés d'avoir volé une dinde dans un petit zoo privé et de l'avoir saoulée à la vodka. Le forfait, de toute vraisemblance prémédité, a eu lieu à Riga, le jour de l'anniversaire de l'un des trois suspects. Les voleurs, âgés de 30 à 40 ans, ont emmené l'oiseau jusqu'à la gare la plus proche pour se rendre dans la cité balnéaire de Jurmala. Arrivés à la station appelée Bulduri, qui signifie « glougloutement de dinde » en letton, ils sont allés à la plage pour boire et forcer l'oiseau à avaler de la vodka avec eux. La fête se terminait déjà quand la police a découvert les voleurs et l'animal. La dinde a été ramenée au zoo. Elle est apparue plus tard au journal télévisé TV3 Latvija, saine et sauve, mais visiblement éprouvée.

[AFP, 3 décembre 2020]

CONFINEMENT : DÉROGATION POUR LE PÈRE NOËL (ET SES SIX PETITS LUTINS)

Le maire de Riotord [Haute-Loire] Guy Peyrard a pris un arrêté municipal autorisant le « survol » du Père Noël au-dessus de la commune dans la nuit du 24 au 25 décembre, mais en tenant compte des mesures sanitaires. Cet « arrêté temporaire » autorise « Monsieur le Père Noël à survoler et à se poser dans le commune de Riotord pour y déposer ses cadeaux au pied des sapins riotordois à partir du 24 décembre 12 h 00 jusqu'au 25 décembre 12 h 00 ». Selon l'arrêté, les gestes barrières devront toutefois être respectés : « présence maximale de six lutins sur le territoire de la commune », port du masque « obligatoire lorsqu'ils se faufileront dans les cheminées », et gel hydroalcoolique « mis à leur disposition ». Le texte interdit en revanche « la présence du Grinch et du Père Fouettard qui viendraient malmener la joie des enfants ».

[AFP, 8 décembre 2020]

NOËL EN FLORIDE : ATTENTION AUX PLUIES D'IGUANES

« Des températures très froides sont attendues pour Noël, entre 0 et 4°C, avec de possibles chutes d'iguanes. Faites attention et restez au chaud ! », ont mis en garde les services météorologiques de Miami et du sud de la Floride. Les habitants du « Sunshine State » devront donc troquer leurs tongs et shorts pour un accoutrement plus chaud tout en scrutant le ciel pour ne pas se prendre un lézard congelé sur la tête.

Quand la température chute sous les 4°C, les iguanes, qui ont le sang-froid, peuvent rester immobiles et tomber des arbres. Les reptiles ne meurent pas de froid, ils se remettent à bouger lorsque les températures remontent. Le danger est réel, étant donné la forte population de cette espèce invasive en Floride qui dévaste la flore locale. En 2019, les autorités ont ainsi appelé les citoyens à tuer dès que possible tous les iguanes qu'ils apercevaient, de préférence sans cruauté.

[AFP, 22 décembre 2020]

PRIME DE NOËL : ILS L'ONT VOULUE, ILS Y ONT CRU, ILS L'ONT PAS EUE

Environ 500 employés ont cliqué mi-décembre sur un email de GoDaddy – la plus grosse entreprise de gestion de noms de domaine sur Internet au monde – leur annonçant un bonus de Noël de 650 dollars et leur demandant de remplir un formulaire avec quelques informations personnelles. Deux jours plus tard, ils lisaient ceci : « Vous recevez ce mail parce que vous avez échoué lors de notre récent test d'hameçonnage. »

La technique de l'hameçonnage, très utilisée par les pirates informatiques, consiste à envoyer des emails en se faisant passer pour des interlocuteurs connus, afin d'obtenir des informations permettant l'infiltration de systèmes informatiques ciblés. « Bien que le test ait imité de vraies tentatives [d'attaques informatiques] qui ont lieu de nos jours, nous devons nous améliorer et faire preuve de plus d'empathie à l'égard de nos employés », a reconnu un porte-parole de la société.

[AFP, 25 décembre 2020]

NEW YORK : LE GANG DES ÉCUREUILS SÈME LA TERREUR

Pandémie, confinement, tempête de neige... L'année 2020 a apporté son lot d'épreuves aux habitants de New York, mais ils ne sont pas au bout de leur peine : des écureuils violents les guettent.

Des résidents du quartier de Rego Park dans le Queens, à l'est de la ville, se sont plaints de plusieurs attaques d'écureuils ces derniers mois, une femme ayant même dû aller à l'hôpital après une morsure à la main. « Il m'a mordu ou griffé le cou, j'ai dû essayer de l'atteindre avec mes mains puis ça s'est transformé en match de catch et j'ai perdu », a raconté Michelin Frederick. Ses mains étaient couvertes de sang et de bleus et elle a dû se faire vacciner contre la rage par précaution. Une autre habitante a expliqué se déplacer désormais avec un spray au poivre. Les autorités sanitaires new-yorkaises ont conseillé aux résidents d'engager un professionnel pour gérer ce problème lié à la faune locale.

[AFP, 30 décembre 2020]

DES RESTES HUMAINS ? NON, UNE POMME DE TERRE

Une équipe de spécialistes et des chiens renifleurs avaient été envoyés pour passer au peigne fin un champ boueux près du village de Winlaton [nord-est de l'Angleterre], où une femme promenant son chien avait cru distinguer des restes humains. Elle leur avait même envoyé une photo de ce qu'elle pensait être un pied. Après avoir inspecté les lieux, l'orteil s'est avéré être une pomme de terre avec un champignon poussant à côté. « Nous ne pouvons que saluer la vigilance de cette femme qui nous a prévenus », déclare un porte-parole de la police de Northumbria, invitant quiconque tombant sur de possibles restes humains à faire de même. « S'ils s'avèrent être un légume, nos chiens policiers vous remercieront pour cette gâterie ! »

[AFP, 8 janvier 2021]

ELLE PROMÈNE SON AMI EN LAISSE POUR « TESTER LE COUVRE-FEU »

Pour « tester » la police après l'entrée en vigueur d'un couvre-feu strict au Québec, une jeune femme a promené son ami en laisse. Résultat : une amende de 1 000 euros. Le couvre-feu est entré en vigueur le samedi 9 janvier à 20 h 00 (jusqu'au lendemain 05 h 00) pour tenter d'enrayer la seconde vague de coronavirus. Prévu pour durer un mois, il autorisait quelques exceptions, notamment pour les travailleurs essentiels ou les personnes qui possèdent un chien. Vers 21 h 00, des policiers ont aperçu une jeune femme d'une vingtaine d'années qui se promenait sur un trottoir du centre-ville en tenant en laisse... un ami. Aux policiers qui l'interrogeaient, elle a expliqué sans rire « qu'elle promenait son chien », « vraiment pour nous tester ». Le couple a été verbalisé et la jeune femme a bruyamment assuré qu'elle recommencerait chaque soir quitte à accumuler les amendes.

[AFP, 11 janvier 2021]

SA MÈRE DANS LE CONGÉLO, ELLE PEUT GARDER LE STUDIO

Yumi Yoshino, 48 ans, a été détenue par la police car soupçonnée d'avoir caché pendant dix ans le corps d'une femme, retrouvé dans un congélateur à Tokyo. L'accusé a expliqué son geste par la crainte de devoir déménager de l'appartement qu'elle occupait avec sa mère, après la découverte du décès de celle-ci. La location était de fait au nom de la mère, dont l'âge de la mort est estimé à environ 60 ans.

Mais Yumi Yoshino a été obligée de quitter l'appartement suite à des retards de loyer et c'est une personne venue le nettoyer qui a fait la macabre découverte. Une autopsie effectuée sur le cadavre n'a pas permis de déterminer le moment exact ni la cause du décès.

[AFP, 30 janvier 2021]

LES POMPES FUNÈBRES L'OUBLIENT, HEUREUSEMENT IL Y A LA VOISINE

Les services funéraires de Vienne ont « oublié » le corps d'un homme dans son appartement, le laissant sur son lit de mort plus de deux mois après le constat de décès. Le 11 novembre 2020, la voisine de cet homme de 66 ans, qui s'occupait de lui parce qu'il était malade de longue date et qu'elle ne lui connaissait ni famille, ni proches, l'avait retrouvé mort. Elle pensait cet homme enterré depuis longtemps, mais en accompagnant un notaire qui cherchait un éventuel testament, elle l'a trouvé toujours allongé sur son lit… le 27 janvier. « Il s'agit d'un malheureux concours de circonstances et d'un problème de communication » entre l'équipe qui a constaté le décès et les pompes funèbres, a indiqué Nikolaus Salzer, directeur du centre d'hygiène de la ville. Les pompes funèbres municipales ont précisé « ne pas encore avoir de date pour les funérailles ».

[AFP, 3 février 2021]

ELLE SE COIFFE AVEC DE LA COLLE EXTRA FORTE ET REÇOIT 15 000 DOLLARS

Une américaine, à cours de gel, s'est coiffée avec de la colle extra forte et a appelé au secours les réseaux sociaux, levant plus de 15 000 dollars avant une possible intervention chirurgicale. Cette colle chimique, qui contient notamment de l'acétone et du propane, ne doit pas entrer en contact avec la peau. Durant les jours qui ont suivi, Tessica Brown a essayé divers produits et lotions, sans succès, tandis que des internautes lui proposaient mille et une solutions. Pour prendre en charge les frais médicaux consécutifs à son traitement, Tessica Brown a fait un appel aux dons sur le site Gofundme. Elle va rencontrer à Los Angeles le chirurgien esthétique Michael Obeng, qui va lui retirer la colle. Selon TMZ, ce dernier avait spontanément offert ses services à titre gracieux à celle qui compte désormais près de 800 000 abonnés sur TikTok. Via Instragram, la coiffeuse de Beyoncé, Neal Farinah, a également proposé de l'aider.

[AFP, 10 février 2021]

SAINT-VALENTIN : DITES-LUI AVEC UN CAFARD

Les roses fanent, les chocolats sont un peu clichés. Le zoo du Bronx, à New York, a la solution pour la Saint-Valentin : baptiser une blatte siffleuse de Madagascar en l'honneur de l'être aimé. « On ne trouve pas toujours les mots justes mais on peut toujours donner quelques frissons : nommez un cafard pour la Saint-Valentin, car les cafards… c'est éternel », avance le zoo sur son site internet. Moyennant 15 dollars, on peut ainsi offrir à son amoureux.se – voire à un.e ex – un certificat montrant qu'un cafard porte désormais son nom.

[AFP, 12 février 2021]

UKRAINE : IL INVENTE UN MEURTRE POUR QU'ON DÉNEIGE SA ROUTE

Un Ukrainien a signalé un meurtre fictif dans l'espoir que les forces de l'ordre nettoient sa route recouverte de neige en venant l'arrêter. Habitant du petit village de Grybova Roudnia, dans le nord-ouest de l'Ukraine, l'intéressé a appelé la police pour leur dire qu'il avait tué le conjoint de sa mère en le poignardant. L'homme a ajouté que les policiers feraient mieux de venir avec un chasse-neige car « il n'était pas possible d'atteindre sa maison autrement ».

Arrivés à bord d'un tout-terrain, les policiers ont découvert que la victime prétendue était « saine et sauve ». La route en question avait été déneigée dans la matinée. Mais le faux tueur a déclaré qu'il était mécontent de la qualité de ce déneigement et qu'il espérait que la police termine le travail. Il risque une amende équivalant à 3,5 euros maximum pour appel abusif.

[AFP, 16 février 2021]

IL FAIT DES
ABDOS SUR
UN POTEAU
ÉLECTRIQUE
ET PROVOQUE
UNE PANNE
GÉNÉRALE

Un homme perché sur un poteau électrique pour y faire des abdos a provoqué en Chine une énorme coupure de courant qui a plongé dans le noir des milliers de foyers.

La scène insolite s'est déroulée un dimanche soir dans le sud-ouest du pays à Chengdu, une immense métropole de quelque 16,5 millions d'habitants. L'homme avait les pieds agrippés au poteau électrique et multipliait les redressements de bassin à la force de ses abdominaux, suspendu dans le vide à 10 mètres du sol. Pour des raisons de sécurité, la compagnie locale d'électricité a dû couper le courant et des dizaines de milliers de foyers en ont subi les conséquences. L'homme s'en est miraculeusement sorti indemne et a été arrêté par la police.

[AFP, 24 février 2021]

FLASHÉ À 191 KM/H À 88 ANS, IL DIT ÊTRE EN RETARD POUR SON VACCIN

« Le jeudi 25 février, à 11 h 40, à Bischoffsheim, sur la route départementale 500, les militaires de la brigade motorisée de Strasbourg ont contrôlé un automobiliste âgé de 88 ans à la vitesse de 191 km/h, au lieu de 110 km/h », a déclaré la gendarmerie du Bas-Rhin. Le conducteur « a justifié son excès de vitesse par un retard à son rendez-vous pour le vaccin anti-COVID… ». Son véhicule a été immobilisé et son permis de conduire retenu sur le champ.

[AFP, 26 février 2021]

TROIS ANS DE PRISON POUR VOL DE PQ À MAIN ARMÉE

Les auteurs d'un vol à main armée de quelque 600 rouleaux de papier toilette, que les Hongkongais s'arrachaient aux premiers jours de la pandémie, ont été condamnés à plus de trois ans de prison. En février 2020, quand les premiers cas de coronavirus sont apparus dans la place financière asiatique, le papier hygiénique était devenu une denrée rare, les habitants redoutant une pénurie de ce produit. Les trois voleurs ont reconnu avoir utilisé un couteau pour menacer un chauffeur-livreur devant un grand supermarché du quartier populaire de Mongkok, avant d'être interpellés par la police.

[AFP, 12 mars 2021]

GO FAST EN TROTTINETTE ÉLECTRIQUE DANS LE JURA

À Lons-le-Saunier, une trottinette électrique, dont la vitesse maximale autorisée est fixée à 25 km/h, a été contrôlée à 57 km/h. Le véhicule « circulait en pleine voie de circulation alors qu'une bande cyclable est existante à cet endroit », rapporte la police nationale du Jura. Le conducteur s'est « vu reprocher également le port d'un casque audio sur les oreilles, le coupant ainsi du bruit de son environnement ». Âgé de 49 ans, il a enfin été contrôlé positif au cannabis. L'amende contraventionnelle pour la conduite d'un EDPM [Engin de déplacement personnel motorisé] dont la vitesse maximale par construction est supérieure à 25 km/h peut aller jusqu'à 1500 euros. La trottinette trafiquée a été confisquée par la police.

[AFP, 13 mars 2021]

LA MDMA ÉTAIT EN FAIT DE LA POUDRE DE FRAISE TAGADA

De la poudre aux yeux : la préfecture de police de Paris avait annoncé sur son compte Twitter avoir « jugulé à Saint-Ouen un atelier de conditionnement de produits stupéfiants (MDMA, ecstasy) qui alimentait des soirées clandestines » et saisi pour un million d'euros de marchandise.

Mais il y a eu erreur sur ladite marchandise : les analyses toxicologiques ont conclu que « la poudre saisie dans l'appartement était une “poudre neutre”, ne relevant ni de produits stupéfiants ni de substance vénéneuse ». Il s'agissait en fait de « fraises Tagada concassées ».

[AFP, 20 mars 2021]

DISPUTE D'ÉLÉPHANTS : LA POLICE RUSSE ENQUÊTE

Deux éléphants se sont battus en plein spectacle de cirque à Kazan en Russie, forçant certains spectateurs à prendre la fuite, un incident qui a conduit à l'ouverture d'une enquête officielle pour déterminer d'éventuelles responsabilités. Les deux éléphantes, Jenny et Magda, cherchaient « peut-être à attirer l'attention du dresseur » et étaient jalouses l'une de l'autre, a précisé de son côté le cirque de Kazan.

Lors du spectacle, l'une des éléphantes a assommé l'autre en lui portant des coups avec sa trompe, avant d'essayer de quitter la scène. Des spectateurs des premiers rangs ont quitté leurs sièges et remonté les gradins de peur que les pachydermes ne chargent. « Ce règlement de comptes ne visait que les animaux eux-mêmes, les spectateurs n'étaient pas en danger », a assuré le cirque. « Actuellement, Jenny et Magda sont calmes, bien nourries et en bonne forme physique. »

[AFP, 22 mars 2021]

POUR RENTRER CHEZ EUX, 4 MINEURS TENTENT DE VOLER UNE LOCOMOTIVE

Quatre mineurs qui voulaient rentrer de Saverne à Strasbourg ont tenté de voler une locomotive pour faire le trajet, mais n'ont pas réussi à la faire démarrer. Les quatre amis ont finalement pris un TER en simples passagers pour rentrer à Strasbourg, où trois d'entre eux ont été interpellés à leur descente du train. Le quatrième, qui a réussi à prendre la fuite, est recherché.

[AFP, 22 mars 2021]

MAIS QUI A USURPÉ L'IDENTITÉ DU CONSEILLER DU PRÉSIDENT OUZBEK ?

Un homme est accusé de s'être fait passer pour le chef de cabinet du président de l'Ouzbékistan sur Facebook, où il proposait de régler toutes sortes de problèmes de la vie courante contre de l'argent. L'escroc présumé offrait par exemple à ses victimes une « aide pratique » pour régler des problèmes « de logement ou de crédits ». En fonction des demandes, sa grille tarifaire allait de 50 000 à 1,5 million de soms, la monnaie locale. Des sommes pouvant être conséquentes dans cette ex-république soviétique. Les autorités ont saisi comme preuve le portable du suspect lors d'une opération de police, dans une localité à une trentaine de kilomètres de la capitale Tachkent. Une enquête pour « escroquerie », un délit passible de trois ans de prison, a été ouverte contre lui.

[AFP, 25 mars 2021]

PANIQUE DANS L'U.S. ARMY : UN ENFANT S'EMPARE DU COMPTE TWITTER DU COMMANDEMENT DES ARMES NUCLÉAIRES

Code nucléaire ? Piratage du Pentagone ? Complot ? Un tweet composé de marques de ponctuation et d'une succession de lettres, publié par le compte Twitter officiel du commandement chargé de l'ensemble de l'arsenal nucléaire américain [Stratcom], a semé la panique. « ;l;;gmlxzssaw, ». N'en déplaise aux amateurs de cryptographie, le message mystérieux était simplement du charabia, rédigé par un enfant. « Le responsable du compte Twitter du commandement militaire, qui était en télétravail, a laissé le compte ouvert et sans surveillance quelques instants. Son jeune enfant a joué avec le clavier et a malheureusement, et sans s'en rendre compte, publié le tweet », a détaillé un porte-parole du Stratcom. « Absolument rien de néfaste n'est arrivé, c'est-à-dire aucun piratage de notre compte Twitter », a-t-il ajouté.

[AFP, 30 mars 2021]

ILS BRAQUENT UNE BANQUE PUIS TENTENT DE S'ENFUIR EN UBER

Des jumeaux devenus célèbres sur Youtube pour leurs blagues ont simulé le braquage d'une banque. Habillés tout en noir et portant un masque de ski, ils se sont filmés devant une banque de leur ville avec des sacs remplis de billets. Ils ont ensuite appelé sur place un chauffeur Uber censé les prendre en charge dans leur fuite, ce qu'il a refusé de faire en les voyant. Mais un passant a été témoin de la scène et a averti la police.

À leur arrivée, les policiers ont mis en joue le chauffeur Uber pour le faire sortir de son véhicule avant de se rendre compte qu'il s'agissait d'une farce. Ils ont mis en garde les frères Stokes contre les dangers de leur comportement mais les ont laissés libres.

[AFP, 1er avril 2021]

IL FAIT 40 KM À SKI POUR ÉVITER LA QUARANTAINE

Il tentait d'échapper à la quarantaine obligatoire à l'hôtel : un quinquagénaire norvégien a dû être secouru ce week-end dans les montagnes après avoir tenté de traverser la frontière depuis la Suède lors d'une équipée de 40 km à skis. « Il voulait rentrer en Norvège pour chercher des papiers, pour ensuite retourner en Suède où il a un chantier en cours », explique Trond Helge Rønning, de l'organisation de secours Norske Folkehjelp.

Surpris par le mauvais temps, le skieur s'est retrouvé en difficulté après environ 25 km d'équipée. C'est d'abord un éleveur de rennes qui l'a secouru, avant de le confier à deux pêcheurs quelques kilomètres plus loin près du lac Essandsjø, qui ont ensuite attendu l'arrivée des secours. Ceux-ci l'ont ensuite remis à la police pour violation des règles sanitaires du Covid-19. Selon M. Rønning, l'homme était « énervé et ne s'est pas excusé ».

[AFP, 5 avril 2021]

CONDUITE À CONTRESENS : SON COPILOTE ÉTAIT UN CADAVRE

Un Suisse a été arrêté dans le nord-est de l'Espagne après avoir conduit à contresens sur l'autoroute avec un cadavre sur le siège passager. L'homme de 66 ans conduisait vers la France. Arrivé devant un contrôle de police au passage de la frontière, il a fait demi-tour. Après plus de 30 km au cours desquels il a « ignoré » les signaux des agents, le conducteur a quitté l'autoroute et a emprunté une route locale. Seulement pour avoir un accident peu après.

Lorsque les agents ont procédé à des vérifications à l'intérieur du véhicule, ils ont découvert le corps sans vie d'un homme âgé sur le siège passager avant. Selon la police, le corps pourrait être le conjoint du conducteur, également suisse, sur lequel aucun « indice criminel » n'a été retrouvé. La police a ouvert une enquête pour clarifier les faits et a arrêté le conducteur en tant qu'« auteur présumé d'un délit contre la sécurité routière ».

[AFP, 8 avril 2021]

CONSEIL DE DISCIPLINE POUR LE CHIEN DE JOE BIDEN

Major, le turbulent berger allemand du couple Biden, s'apprête à quitter la Maison Blanche afin de suivre un cursus visant à l'aider à mieux se comporter. L'acclimatation à la résidence présidentielle n'a pas été aisée pour Major, adopté dans un refuge par les Biden. En mars, il avait été brièvement renvoyé au domicile familial dans l'État du Delaware, dans le nord-est des États-Unis, après un incident impliquant une morsure au sein de la Maison Blanche. Le président Biden avait déclaré que son chien avait simplement adopté une attitude trop protectrice dans son nouvel environnement toujours bondé. Major avait déjà reçu à ce moment-là un entraînement pour corriger la situation, qui s'est visiblement révélé insuffisant. Que l'on se rassure : malgré son départ, la Maison Blanche restera sous bonne garde. Champ, l'autre berger allemand du couple présidentiel, plus âgé et plus sage, restera bien auprès de ses maîtres à Washington.

[AFP, 12 avril 2021]

BITCH OU BITCHE ? GROS RAS-LE-BOL EN MOSELLE

La page Facebook de la ville de Bitche, en Moselle, est passée sous les fourches caudines de l'algorithme pointilleux du géant du numérique. La ville a fait appel et la page a été republiée trois semaines après sa suppression. Facebook France concède une « analyse incorrecte de la part de nos systèmes », qui bannissent automatiquement les insultes sur les comptes.

Le maire de la ville, M. Kieffer, invite le patron du géant du numérique, Mark Zuckerberg, à se rendre à Bitche pour « découvrir notre jolie cité fortifiée » et « honorer [...] la mémoire de ses compatriotes [...] américains qui sous la bannière de la 100ème Division d'Infanterie » ont libéré Bitche en 1945. Et M. Kieffer de glisser : « Des libérateurs qui se sont alors eux-mêmes dénommés, avec fierté et ironie, the *Sons of Bitche.* »

[AFP, 13 avril 2021]

LA BÊTE FÉROCE ÉTAIT EN FAIT UN CROISSANT

La Société de protection des animaux de Cracovie a reçu un appel désespéré d'une habitante de cette ville du sud de la Pologne, qui disait avoir observé un animal inquiétant. « Cela fait deux jours qu'il est dans un arbre en face de la maison ! Les gens n'ouvrent pas leurs fenêtres parce qu'ils ont peur qu'il entre chez eux », a-t-elle indiqué. « Il est marron, il est posé dans un arbre. » Les agents de la SPA ont suggéré qu'il pouvait s'agir d'un oiseau de proie. Mais la personne qui les a contactés a déclaré que l'animal ressemblait davantage à un iguane, bien qu'elle n'ait pas trouvé le mot et qu'elle l'ait d'abord appelé une « lagune ». Les inspecteurs se sont tout de même rendus sur place et ont fini par apercevoir l'objet de toutes les attentions dans un lilas, notant qu'il n'avait « ni pattes ni tête ». L'animal à l'allure dangereuse s'est avéré être… un croissant.

[AFP, 14 avril 2021]

UN MARIAGE,
UN RE-MARIAGE,
UN RE-RE-MARIAGE,
UN RE-RE-RE-MARIAGE,
ET UNE PRUNE

Certains citoyens ne reculent devant rien pour tirer le meilleur profit de leurs avantages. Les entreprises taïwanaises sont légalement obligées d'offrir huit jours de congés payés aux jeunes époux. L'an dernier, l'employé d'une banque en a demandé 32. Lui et sa femme se sont mariés quatre fois et ont divorcé trois fois sur une période de 37 jours, réclamant huit jours pour chacune de leurs noces. La banque a refusé sa demande et l'employé a fait appel à la direction générale du travail de Taipei qui a d'abord infligé à son employeur une amende de 20 000 dollars taïwanais (590 euros). Légalement, il n'existe aucune limite quant à la fréquence à laquelle un employé peut demander un congé de mariage. La banque a estimé que l'homme avait « profité » de la loi. La direction du travail a finalement annulé l'amende infligée à la banque et « a reconnu une erreur ».

[AFP, 21 avril 2021]

APRÈS 2 000 APPELS AUX POMPIERS ELLE ÉCOPE DE 6 MOIS DE PRISON

Des caries, des punaises de lit, un chien trop bruyant : une femme ayant passé plus de 2 000 appels aux pompiers en un an a été condamnée à six mois de prison ferme. Le 22 octobre 2020, les secours se rendent chez elle après un énième appel dans lequel elle dit s'être cognée après une chute. Alcoolisée, elle est transportée aux urgences où elle frappe des secouristes. L'un d'eux se voit reconnaître un jour d'ITT. C'est la fois de trop, le Service départemental d'incendie et de secours (Sdis) de l'Allier et le pompier concerné portent plainte.

Depuis 2018, elle avait passé en tout 2 435 appels, sans compter les 400 encore reçus depuis le dépôt de plainte en octobre. Au total une cinquantaine d'interventions ont eu lieu à son domicile. Le tribunal correctionnel de Montluçon l'a condamnée à 12 mois de prison dont six mois avec sursis probatoire, obligation de soins et indemnisation des victimes.

[AFP, 1er mai 2021]

IL DÉPLACE LES FRONTIÈRES FRANCO-BELGES POUR AGRANDIR SON TERRAIN

En Belgique, un propriétaire dont les terres bordent la France a récemment déplacé la vieille borne en pierre datant de 1819, qui marquait l'emplacement précis de la frontière, repoussant de fait les limites du pays de 2,20 mètres.

La Belgique, créée en 1830, n'existait pas encore à l'époque comme royaume indépendant. Après la défaite de Napoléon Ier en 1815 à Waterloo, le territoire était revenu sous la domination de la couronne néerlandaise. En 1820, un Traité dit des "Limites" est signé à Courtrai (dans l'actuelle Belgique néerlandophone) pour inscrire noir sur blanc ce tracé de frontière... Qui n'avait semble-t-il pas bougé jusqu'au geste malheureux du propriétaire. Mais selon le bourgemestre d'Erquelinnes, un rendez-vous a été fixé avec celui-ci pour lui demander de réparer son forfait rapidement.

[AFP, 4 mai 2021]

SUBVENTION COVID : 200 000 EUROS POUR UN CALAMAR GÉANT

Une localité reculée de pêcheurs au Japon a utilisé des aides de l'État liées au coronavirus pour ériger une statue de calamar géant. Le monument, long de 13 mètres, a coûté environ 27 millions de yens, soit 206 000 euros. Il a été financé en grande partie par une subvention nationale destinée à aider les municipalités affectées financièrement par la pandémie, comme les destinations touristiques.

En plus de la fermeture des frontières japonaises aux visiteurs étrangers depuis plus d'un an et des appels gouvernementaux à éviter les voyages à l'intérieur du pays, l'économie de Noto a également souffert d'une baisse des prises de pêche. Malgré un débat en ligne sur le bien-fondé de cette dépense publique, les responsables locaux ont déclaré espérer que l'installation du calamar géant sur une aire de repos en bord de route susciterait un intérêt au Japon et ailleurs dans le monde. Mais le céphalopode n'est pas du goût de tout le monde.

[AFP, 6 mai 2021]

BRIGADE DU WHISKY : ROCCO LE CHIEN AU RAPPORT

Un cocker d'un an nommé Rocco a été embauché par une distillerie écossaise pour détecter les imperfections dans des tonneaux de whisky en bois, sous les ordres d'un patron nommé... monsieur Woof. Les problèmes éventuels qu'il trouvera dans les fûts de la distillerie de whisky Grant's à Girvan, dans le sud-ouest de l'Écosse, seront signalés au directeur mondial associé de la marque, Chris Woof. « Le sens de l'odorat d'un chien comme Rocco est 40 fois plus développé que celui d'un humain, et nous avons spécialement sélectionné et entraîné Rocco pour détecter l'odeur de toute anomalie à mesure que le whisky mûrit », a-t-il déclaré. Rocco a effectivement reçu une formation de six mois et dispose de son propre chenil à la distillerie.

[AFP, 11 mai 2021]

IL TUE UN INTRUS, GARDE LE CADAVRE PENDANT 15 ANS ET UTILISE 70 DÉSODORISANTS

En Australie, un certain Bruce Roberts a abattu un cambrioleur, Shane Snellman, et a gardé le cadavre chez lui pendant 15 ans, utilisant plus de 70 désodorisants pour masquer la puanteur. M. Roberts lui-même est mort de causes naturelles. Mais les restes de M. Snellman n'ont été découverts qu'un an plus tard, au milieu de tas de détritus, par des agents d'entretien chargés de nettoyer la maison. M. Roberts a été décrit comme un accumulateur compulsif extrême qui quittait rarement sa maison, où plus d'une dizaine d'armes à feu ont été découvertes.

[AFP, 20 mai 2021]

COVID OBLIGE, LES INDIENS SE MARIENT AU SEPTIÈME CIEL

Un couple indien a affrété un avion pour se marier dans les nuages devant 161 invités, en violation des restrictions anti-Covid. L'autorité de l'aviation civile indienne a ordonné une enquête et a suspendu l'équipage de l'appareil. À ce moment, la plupart des États en Inde autorisaient la présence de 50 invités au maximum lors des mariages. Le couple s'est dit « oui » au moment où l'avion de la compagnie SpiceJet survolait le temple de Minakshi, à Madurai, dans l'État du Tamil Nadu (sud).

Contrairement aux règles en vigueur dans l'aviation civile, pratiquement aucun des passagers ne portait de masque sanitaire et les règles de distanciation sociale étaient largement ignorées. La direction générale de l'aviation civile a demandé à Spicejet de prendre des mesures à l'encontre des jeunes mariés et de leurs invités. Ils pourraient être interdits de vols passagers.

[AFP, 25 mai 2021]

ELLE COURT À LA RESCOUSSE DE SES CHIENS ET MET UNE TALOCHE À UN OURS

Une adolescente de 17 ans a poussé à mains nues une ourse qui était aux prises avec ses chiens après s'être aventurée sur le mur de son jardin, dans le sud de la Californie. Hailey Morinico et sa mère étaient en train de jardiner dans leur maison de Bradbury, au nord-est de Los Angeles, lorsqu'une ourse noire a commencé à marcher en équilibre sur un muret, suivie de ses deux petits. L'intrusion a aussitôt alerté les chiens de la famille Morinico, qui se sont précipités au pied du muret en aboyant après les ours. Tandis que les deux oursons s'enfuyaient, leur mère couvrait leur retraite en tenant à distance les chiens avec de grands coups de patte. « J'ai couru pour voir après quoi ils aboyaient et ce n'était pas un chien, c'était un ours », raconte Hailey. « La première chose à laquelle j'ai pensé, ça a été de pousser l'ours. Et ça a marché. »

[AFP, 2 juin 2021]

UNE BALEINE L'AVALE ET LE RECRACHE : « AUCUN OS CASSÉ »

Un pêcheur de homard du Massachusetts a été avalé par une baleine à bosse, avant d'être rejeté dans l'océan, sain et sauf. Michael Packard raconte : « Je plongeais pour chercher des homards quand une baleine à bosse a essayé de me manger. J'étais dans sa bouche fermée pendant 30 à 40 secondes, avant qu'elle remonte à la surface et me recrache. J'ai des bleus partout, mais aucun os cassé. Je remercie les sauveteurs de Provincetown pour leurs soins et leur aide. »

[AFP, 12 juin 2021]

WANTED : UN OURS EN CAVALE RECHERCHÉ POUR UNE SÉRIE D'EFFRACTIONS

Un gros ours noir, filmé par des caméras de sécurité en train de grimper dans un pick-up, est coupable d'une série d'effractions de voitures dans l'État américain du New Hampshire. La police de la ville de Thornton a diffusé une vidéo montrant l'animal en train de rôder autour du véhicule garé, avant de se tenir debout sur ses pattes de derrière, d'utiliser ses pattes avant pour ouvrir la porte et de grimper nonchalamment sur le siège du conducteur. Les policiers ont indiqué qu'ils soupçonnaient l'ours d'être un délinquant en série. L'ours est toujours en liberté et les médias locaux affirment qu'il n'a pas causé d'autres problèmes en dehors de son penchant pour la fouille de voitures.

[AFP, 22 juin 2021]

THAÏLANDE : LE CUISTOT AVAIT UNE SACRÉE TROMPE

Une famille thaïlandaise reçoit régulièrement la visite d'un éléphant qui s'invite dans leur cuisine. Kittichai Boodchan et sa femme vivent près d'un parc national dans l'ouest de la Thaïlande, aux abords d'un lac où les éléphants sauvages se baignent souvent quand ils parcourent la jungle. Il n'est pas perturbé par l'imposant mammifère, qui passe sa tête à l'intérieur de la cuisine et se sert de sa trompe pour trouver de la nourriture. C'est un visiteur fréquent qui se promène souvent dans les maisons de son village, où il mange avant de retourner dans la jungle. L'éléphant a détruit le mur de leur cuisine quelques mois plus tôt, créant un concept de cuisine en plein air qui rappelle une fenêtre de drive-in.

[AFP, 22 juin 2021]

DIJON : ELLE MET 47 000 EUROS DANS UNE FONTAINE ET PREND UN BAIN

Une femme a été prise en charge par les secours alors qu'elle se baignait dans une fontaine du centre-ville de Dijon dans laquelle elle avait déversé plus de 47 000 euros. Alertés suite à un appel du Samu, quatre pompiers se sont occupés d'évacuer cette femme et l'ont transportée vers le CHU de la ville. Des agents de la police nationale et municipale se sont ensuite chargés de faire vider la fontaine puis de collecter l'argent retrouvé sous forme de coupures de 10, 20, 50 et 100. Ils évoquent une quinquagénaire « fragile sur le plan psychologique », sans préciser davantage l'origine des fonds ou avancer une explication au geste.

[AFP, 24 juin 2021]

ÉTATS-UNIS : 2 HOT-DOGS, 16 000 DOLLARS DE POURBOIRE

Un client d'un bistro à grillades de l'État américain du New Hampshire a laissé un très généreux pourboire de 16 000 dollars, après avoir commandé deux hot dogs accompagnés de frites. Dans un premier temps, les serveurs du « Stumble Inn Bar and Grill », modeste restaurant situé dans la ville de Londonderry, n'ont pas remarqué le montant astronomique du pourboire ajouté sur l'addition par ce consommateur anonyme. Cette addition, taxes comprises, s'élevait initialement à 37,93 dollars, pour deux hot dogs sauce chili, servis avec frites et boissons. La note est donc passée à 16 037,93 dollars. « Ne dépensez pas tout d'un seul coup », a ironisé le client au moment de payer.

[AFP, 26 juin 2021]

DANEMARK :
IL DONNE LE LA,
ELLES FONT
« MEUH-MEUH »

Faute de pouvoir se produire pendant la pandémie, un violoncelliste s'est tourné vers... des vaches. Une expérience si concluante qu'il la poursuit même après la réouverture des salles de spectacle. « Jouer pour les vaches, c'est un peu la continuation de ce que j'ai toujours fait dans ma carrière de soliste : je suis passionné par le fait de porter la musique classique en dehors des salles de concert », explique Jacob Shaw.

À l'automne, il a convaincu un fermier mélomane d'exposer ses bêtes à la musique classique pour améliorer leur bien-être. « Je ressens l'effet calmant de la musique sur mon propre organisme alors j'ai pensé que ça serait la même chose pour les vaches et je ne me suis pas trompé », assure Mogens Haugaard. D'abord familiarisées à un répertoire classique à travers les haut-parleurs de leur étable pendant l'hiver, les vaches ont développé leur oreille et sont devenues progressivement un public de choix, assure le duo.

[AFP, 2 juillet 2021]

DRÔME : DANS LE CORBILLARD, 27 KILOS DE DROGUE, 0 MORT

Les douaniers de la Drôme ont saisi 27 kg d'herbe et de résine de cannabis dans un corbillard en provenance d'Espagne. Positionnés pour des contrôles aléatoires, les douaniers ont arrêté un véhicule qui « présentait un aspect usagé, affichait l'enseigne d'une entreprise funéraire mais ne transportait aucun cercueil », a précisé leur porte-parole. À bord, le conducteur, un Moldave de 35 ans, a expliqué faire la route vers son pays pour y rendre visite à sa famille. Lors de la fouille, les douaniers ont retrouvé un premier sac d'herbe à l'arrière du corbillard. Au terme d'un « démontage du plancher et d'une fouille approfondie », ils ont découvert 14 sacs d'herbe et de résine de cannabis dissimulés sous une trappe.

[AFP, 2 juillet 2021]

SUÈDE : DES PRISONNIERS FONT UNE PRISE D'OTAGE ET DEMANDENT 20 PIZZAS

Une prise d'otage de deux gardiens de prison par deux détenus dangereux en Suède s'est dénouée par leur libération après neuf heures de négociations. Les deux détenus du centre pénitentiaire de haute sécurité de Hällby étaient parvenus à s'introduire dans l'espace réservé aux gardiens de prison. Deux conditions avaient été posées pour libérer les deux gardiens pris en otage : un hélicoptère pour s'échapper, et vingt pizzas parsemées de viande kebab à partager entre détenus. À défaut de l'hélicoptère, les pizzas ont été livrées. Les deux détenus, qui purgent tous deux de longues peines pour meurtres, ont été transférés au commissariat pour un interrogatoire pour « enlèvement ».

[AFP, 22 juillet 2021]

BRANLE-BAS DE COMBAT DANS LE HAUT-RHIN POUR DES CAPSULES NESPRESSO

Une cargaison tombée d'un camion accidenté a fait des heureux sur l'autoroute entre Bâle et Mulhouse (Haut-Rhin) : plusieurs automobilistes se sont arrêtés pour ramasser des centaines de dosettes de café tombées sur l'autoroute.

« Un camion qui arrivait n'a pas vu deux autres camions arrêtés devant lui. Il a réussi à les éviter mais il a éventré tout le côté droit de sa remorque et les capsules de Nespresso sont tombées sur 400-500 mètres », raconte le major Eric Chevallier, commandant du peloton autoroutier de Rixheim. « Les gens s'arrêtaient pour ramasser les capsules, mais ça n'a pas duré éternellement parce qu'après nous sommes arrivés sur les lieux. Je pense que les gens ont vu que c'était des capsules Nespresso, donc au prix de la capsule ils se sont dit : “on se sert”. »

[AFP, 23 juillet 2021]

LA POLICE DÉMANTÈLE UNE MINE DE BITCOIN DANS SON PROPRE QG

La police polonaise a démantelé une « mine » illégale de bitcoin... dans son propre quartier général, à Varsovie. « Un employé civil, pas un agent de police [...], a détourné de l'énergie électrique pour miner du bitcoin, malheureusement cela s'est passé dans les locaux mêmes de la police », a déclaré le porte-parole de la police polonaise Mariusz Ciarka. « Nous l'avons découvert assez rapidement », a-t-il assuré, sans préciser combien de temps a duré l'infraction.

Les cryptomonnaies comme le bitcoin fonctionnent grâce à un réseau décentralisé : des réseaux d'ordinateurs indépendants valident les transactions à travers le monde. Les participants, ou « mineurs », utilisent des processeurs puissants pour réaliser des équations complexes qui prouvent leur participation et recevoir automatiquement des bitcoins, une activité très gourmande en énergie – d'où la tentation de se brancher illégalement sur le réseau général.

[AFP, 31 juillet 2021]

PORTUGAL : LA BARONNE DE LA DROGUE AVAIT 79 ANS

Une Espagnole de 79 ans, soupçonnée d'être à la tête d'un groupe de narcotrafiquants, a été arrêtée au Portugal. Cette femme, qui a largement passé l'âge d'être à la retraite, était la patronne d'un groupe qui importait de la cocaïne depuis la République dominicaine vers le Portugal. Elle a été arrêtée à Vila Real, dans le nord du Portugal, avec deux autres Espagnols âgés de 26 et 60 ans, dans le cadre d'une opération menée par les forces de l'ordre espagnoles et portugaises. « Ils introduisaient la cocaïne dans la péninsule [ibérique] via des ports portugais en utilisant une société légale créée pour importer du corail de République dominicaine », a expliqué la Garde civile. « La femme de 79 ans était la chef du groupe ainsi que la gérante et la propriétaire de la société-écran. »

[AFP, 3 août 2021]

INVASION DE NATURISTES CHEZ ROBIN DES BOIS

Selon la légende, Robin des Bois y rôdait autrefois pour voler les riches et donner aux pauvres. De nos jours, les visiteurs de la forêt de Sherwood, dans le centre de l'Angleterre, y croisent régulièrement des naturistes, au point d'en excéder certains.

De nombreux touristes se pressent chaque année dans ces bois pour admirer ses chênes parmi les plus vieux en Europe et ressentir l'atmosphère des aventures de Robin des Bois. Le lieu est aussi apprécié des naturistes, ce qui n'est pas du goût de Robert Robinson, qui a lancé une pétition en ligne pour demander aux autorités d'intervenir. « Ces derniers temps, les nudistes se promènent parfois en groupe atteignant 12 hommes », raconte ce riverain, qui ajoute que sa femme a cessé de faire son jogging dans les bois depuis qu'elle a croisé « un homme nu dans les buissons en train de se faire du bien ».

[AFP, 6 août 2021]

À LONDRES, DES COCKTAILS POUR TOUTOUS LES CLIENTS

Ici on boit et on aboie : à Londres, un bar à destination des chiens et de leurs maîtres séduit les mordus de toutous, qui y trouvent enfin un espace où les laisser gambader en paix. Point de scandale quand un chien monte sur la table ou vient renifler les jambes d'autres clients : au « After Bark », bar au nom construit sur un jeu de mot entre « bar » et « bark » (aboyer), le chien est roi.

Derrière le comptoir, la propriétaire et fondatrice Jamie Swan prépare ce qui ressemble à un demi-mètre de shots. Elle remplit les verres de différents cocktails préparés avec soin, avant de glisser dans le dernier un biscuit en forme d'os. Et de le déposer par terre, faisant la joie d'un petit caniche noir et d'un cocker anglais. Margrrrrita, mojitoutous : les verres contiennent en fait des puptails, pendants adaptés aux chiens des cocktails servis aux maîtres... sans alcool, bien sûr.

[AFP, 13 août 2021]

PÉTITION DANS L'UTAH : « RENDEZ-NOUS LA BARBE ! »

« Rendez-nous la barbe ! » Dans l'Utah, un professeur à la retraite de l'Université Brigham Young, établissement créé et financé par l'Église mormonne, a lancé une pétition pour abolir le règlement intérieur imposant aux étudiants et employés d'être rasés de près.

Cette règle remonte aux années 1960 : à l'époque, barbe et cheveux longs étaient associés aux hippies dépravés. En termes de pilosité faciale, les seules fantaisies autorisées par le règlement sont des pattes ne descendant pas « en dessous du lobe de l'oreille » et la moustache, à condition qu'elle soit « bien taillée et ne dépasse pas les coins de la bouche ». Warner Woodworth, professeur émérite de l'université, juge qu'il est temps d'en finir et a lancé sur change.org une pétition.

[AFP, 18 août 2021]

SRI LANKA : PAS DE CONDUITE D'ÉLÉPHANT EN ÉTAT D'IVRESSE

Le Sri Lanka vient de publier une série de mesures destinées à protéger les éléphants domestiqués, parmi lesquelles l'interdiction de conduire un éléphant si l'on a bu de l'alcool. Les plaintes sur les mauvais traitements et la cruauté envers ces animaux sont fréquentes. Parmi les nouvelles mesures figure l'obligation de permettre aux éléphants de se baigner au moins deux heures et demie par jour, deux visites médicales par an, l'interdiction de faire travailler les bébés et de les séparer de leur mère, et l'interdiction pour les cornacs de boire ou de consommer de la drogue quand ils travaillent avec l'animal. Ces règles prévoient, en cas de manquement sérieux, la confiscation de l'animal et jusqu'à trois ans de prison.

[AFP, 22 août 2021]

EN NORVÈGE, INTERDICTION D'URINER EN DIRECTION DE LA RUSSIE

Une nouvelle pancarte, posée par des inconnus près de la frontière norvégo-russe, rappelle qu'il est interdit d'uriner en direction de la Russie – sous peine de se voir infliger une amende corsée. L'endroit est sous la vidéosurveillance des gardes-frontières norvégiens. Les contrevenants sont passibles d'une amende de 3000 couronnes [290 euros]. Populaire auprès des touristes, l'endroit se trouve sur une des rives de la Jakobselva, d'où l'on peut facilement voir le côté russe à quelques mètres de là. « Uriner dans la nature n'est pas nécessairement offensant mais cela dépend du point de vue. Là, cela tombe sous le coup de la loi interdisant les comportements offensants à la frontière », a expliqué M. Høilund, commissaire norvégien des frontières.

[AFP, 26 août 2021]

CHAMPIONNAT DE MULET : LA CREUSE RAMÈNE LA COUPE À LA MAISON

« Le mulet, c'est une façon de voir la vie » : le temps d'une journée, le village de Chéniers, dans la Creuse, s'est imposé comme la capitale européenne de la coupe mulet. Pour les organisateurs de la deuxième édition du « championnat d'Europe de la coupe mulet », qui a rassemblé 500 personnes, jauge Covid-19 oblige, tout est parti d'une blague : « Pour rire, un ami a dit un jour à un autre ami déprimé qu'il avait une tête à coupe mulet. De là est née l'idée d'en créer un événement. Comme on a vu qu'il y avait eu un championnat d'Europe en Belgique en 2019, on s'est dit pourquoi pas chez nous ? »

Des Belges ont fait le déplacement. À l'image d'Hubert, chaussettes aux couleurs du drapeau belge, cheveux blonds et mulet parfaitement peigné en arrière. Sur place, les rares personnes arrivées sans la coupe de circonstance ont pu se faire minutieusement sculpter les cheveux dans un stand de coiffure spécial mulet.

[AFP, 7 septembre 2021]

LOTO : LE BURALISTE A VOULU GRATTER LA GRAND-MÈRE

Un buraliste italien a été arrêté après avoir volé à une cliente un ticket à gratter gagnant de 500 000 euros. L'homme faisait les gros titres en Italie depuis plusieurs jours après s'être enfui avec le précieux ticket appartenant à une dame de 70 ans, venue dans son bureau de tabac à Naples pour confirmer son gain. Après son forfait, le commerçant indélicat s'est rendu dans la ville de Latina, entre Naples et Rome, afin d'y déposer le ticket gagnant dans une banque et pouvoir l'encaisser plus tard lorsque les choses se seraient calmées.

Il a été interpellé par la police des frontières à l'aéroport romain, en possession d'un billet d'avion pour les Canaries. Il a alors tenté de retourner l'affaire en sa faveur en disant vouloir porter plainte contre une femme l'accusant d'avoir volé le ticket à gratter. Le parquet ne l'a toutefois pas suivi et a ouvert une enquête pour vol aggravé, tandis que sa licence de buraliste a été suspendue.

[AFP, 7 septembre 2021]

AUSTRALIE : CONFLIT DE CANARDS ET DE PERROQUETS

Les perroquets ont de la concurrence : des chercheurs sont tombés sur un canard de l'espèce Erismature à barbillons, capable d'imiter un claquement de porte et surtout de lancer : « You bloody fool » [espèce d'imbécile]. En creusant les archives, le biologiste Carel ten Cate est tombé sur un enregistrement, remontant à 1987, de Ripper, un sujet élevé par l'homme qui avait quatre ans à l'époque, et qui vivait dans une réserve naturelle proche de Canberra. L'animal répète en boucle « You bloody foo », en sautant le « l » du mot final, apparemment difficile à prononcer pour un canard. Ces sons accompagnaient ce qui semblait être une parade d'accouplement. L'éleveur du canard allait le provoquer en s'approchant de la cage. Ripper commençait alors sa danse, mais en l'assortissant de l'insulte plutôt que d'un simple cancanement. Il est allé plus loin en produisant un son très similaire à celui que faisait une porte coulissante près de l'évier où il était conservé quand il était petit.

[AFP, 7 septembre 2021]

FISC SUÉDOIS : JE NE SUIS PAS LÀ, SI VOUS NON PLUS ALORS IL N'Y A PERSONNE

Pour éviter de travailler, un conseiller du fisc suédois a trouvé l'astuce de s'appeler sur son propre numéro personnel pendant un total de 55 heures. « Au lieu de prendre des appels de clients, Andreas a appelé son propre numéro de portable personnel, ce qui a eu pour conséquence de le mettre en “occupé” dans le système et que les appels entrants soient pris par quelqu'un d'autre », selon le rapport disciplinaire de l'autorité fiscale suédoise.

Entre le 10 mars et le 5 mai, ce Suédois de 28 ans – qui risque jusqu'au licenciement – a appelé 32 fois son numéro personnel pour un total de 55 heures, soit sept jours de travail effectif en l'espace de deux mois. En avril, une de ses supérieures remarque qu'il passe des coups de fils inhabituellement longs par rapport à la moyenne des échanges fiscaux. L'employé s'est défendu en disant qu'il avait une motivation « extrêmement basse » à travailler.

[AFP, 7 septembre 2021]

ACHEVÉ D'IMPRIMER

C'est la fin de cette édition du TOUT VA BIEN
qui, pour faire chanter 2022, a choisi en guise de parure
deux couleurs Pantone : la 320 U et la Orange 021 U.
À l'année prochaine !

Illustration de couverture par Denis Dubois
ISBN : 978-2-37055-305-8
N° imprimeur : 21080389
D.L. : automne 2021

LE TRIPODE

Littératures ■ Arts ■ Ovnis